# MORIRSE A TIEMPO

## Rosario de Acuña

*Ensayo de un pequeño poema imitación de Campoamor*

## LA BODA

A las seis poco más de una mañana

del mes de los claveles y las rosas,

el agudo chillar de una campana

de la villa del Oso,

anunciaba al curioso

que, en la iglesia cercana,

la misa de una boda se decía,

y no anunciaba más, su voz parlera,

porque más no sabía,

que la lengua de bronce,

bien pregone el dolor o la alegría,

muda al afecto humano,

obedece, no más, cuando mano

del sacristán la mueve…

¿Es posible que existan las campanas

estando en pleno siglo diez y nueve?

El caso es que la boda pregonaba

sin saber, ¡pobre ciencia!,

si penas o placeres anunciaba.

Allá, en la sacristía,

rodeada de rica estantería,

y ante un Cristo torcido y contrahecho

en la Edad Media hecho,

y en el siglo pasado

con un barniz brillante retocado,

cuatro velas de cera derramaban

rojos y vacilantes resplandores,

iluminando las diversas caras

de unas cuantas señoras y señores.

Alto, ceñudo, enjuto y desgarbado,

con acento forzado,

en fuerza de quererle dar valía,

el señor cura párroco del templo

la epístola (o sentencia) concluía,

en tanto que dos rubios monaguillos

cruzaban esas pícaras miradas

que lanzan en las bodas los chiquillos.

Terminose la epístola; un suspiro

hondo y casi apagado,

como si de salir avergonzado

se quisiera volver dentro del pecho,

fue cual punto final de la lectura

que presenciaba el Cristo contrahecho:

toma el hisopo el cura,

rocía a los señores

que en curva precisada,

ceñían la pareja desposada,

y con más ahuecado y ronco acento,

dice aquello del vulgo tan sabido:

«La queréis por esposa?

¿y vos mujer, qureisle por marido?»

Un sí sonoro escúchase, en seguida

otro sí indefinible, como el eco

del primero escuchado,

se dejó resbalar por el ambiente,

y fue a morir, perdido y apagado,

del Cristo aquel en la bruñida frente:

siguió la ceremonia, y entre tanto

que en el Cristo moría

el sí que pronunció la desposada,

el cura parroquial lo bendecía

y el monago más chico, haciendo lado,

buscaba los anillos y las arras,

procurando que el traje almidonado,

con ondulante vuelo,

crujiera al encontrarse con el suelo:

halló ambas cosas, dióselas al cura,

aqueste las tomó, y en las ventanas

de sus ojos brillaron dos centellas

al contemplar trece onzas mejicanas;

se le abroncó la voz un medio punto,

y terminó su fácil ministerio

a la par que una vela, mal segura,

cayó del candelero

con su cera manchándole primero.

¿Quiénes eran aquellos de la boda?

¿Quiénes los novios eran?...

Preguntas que si bien se consideran,

han de menester apartes de la historia,

capítulos distintos, como dicen

los que relatan hechos,

anchos a la memoria

y a las modernas críticas estrechos:

apartémonos, pues, mientras la misa,

y de personas y motivos, demos

cuenta y razón precisa,

ya que razón y cuenta les debemos.

## *LA NOVIA*

Blanca, de negra y suave cabellera,

de mediana estatura y tardo paso,

cual si la vez primera

en que puso la planta sobre el suelo,

hubiera visto prematuro ocaso

y procurase retardar su vuelo;

con los ojos azules como el cielo,

cuando el cielo se mira sin celajes,

con la boca plegada

pronta a verter la alegre carcajada,

estridente y sonora,

con que el alma se ríe cuando llora;

de apagado mirar, fijo tan solo,

como en punto ideal, en el vacío,

y tan fijo, que a veces al mirarla

que mirando no ve, se siente frío;

de voz sonora y rica en armonía,

aunque a veces cansada

por un secreto afán y una agonía,

que vierte en su mejilla sonrosada

el sello de mortal melancolía;

espaciosa su frente y levantada;

como si el aire bajo, que la tierra

en sus valles encierra,

le abrasara sus ricas ilusiones,

hijas de un cielo virgen de pasiones;

el talle bien ceñido

con un negro y riquísimo vestido

y en mantilla de encaje recogida

su graciosa cabeza,

tal era aquella novia que encerraba

un mundo de belleza,

y un abismo sin fondo de tristeza.

¿Por qué siendo tan bella suspiraba?

«Raro temor de niña», se decía

entre los convidados de la boda.

«Se casa porque quiere», repetía

la suegra en ciernes del futuro yerno.

«Si nadie la obligó, ¿por qué suspira?»

se preguntaba acongojado el padre.

Rica, bella y amada,

¿por qué suspira la desposada?

«Para ser hombre el novio no es muy feo»

decía la madrina

que era una solterona jubilada,

coqueta superfina

en otra edad pasada.

«Pues la chica no tuvo otros amores»,

meditaba el padrino

que era también de pila de la novia.

«Si ella quiso casarse, ¿qué motivos

tiene de pena? La razón es obvia:

mimos de toda niña mal criada.»

«Si yo fuera el marido,

murmuraba muy bajo un convidado,

me diera sin tardar por ofendido.

¡Suspirar con tal muestra de quebranto,

cuando se ve muy bien que la ama tanto!»

¡Como si allá en el alma no viviera

fijo el dolor cuando al dolor se nace!

¡Como si el alma humana se rigiera

por todo lo que al vulgo le complace!

¿Qué hubieran dicho aquellos convidados,

padres, padrinos, cura y sacristanes,

si hubieran visto a la futura esposa

dar descuidada rienda a sus afanes?

Mientras el blanco yugo de himeneo

aprisionaba su cabeza hermosa,

dos silenciosas lágrimas, rodando

sobre el encaje, al almohadón cayeron,

y su amargo dolor aprisionado,

con las gotas del cirio se fundieron;

blancas las dos al punto se volvieron;

y en el rojo almohadón, como dos perlas,

por el capricho mujeril tiradas,

fijaron de la novia las miradas,

que en vez de una oración, murmuró al verlas

«¡Quién sabrá lo que son al recogerlas!»

## *LOS DEMÁS DE LA BODA*

Doña Rita Mencía

natural de Jaén (Andalucía)

y don Diego Linaje,

hijo también de la provincia aquella,

se llamaban los padres de la novia,

ricos por el comercio y cabotaje,

e ilustres además por su apellido:

la esposa (una de tantas) lo era todo

menos buena mujer de su marido,

el cual, feliz mortal desocupado,

se pasaba los años de su vida

haciendo carambolas

y se llegó a encontrar tan adiestrado,

que cuenta que las bolas,

en viéndole llegar, rodaban solas.

Fruto de los pasados amoríos

nació María, huérfana en la cuna,

puesto que el alma que bajó a la tierra,

por desgracia tal vez, o por fortuna,

al extender sus inocentes alas,

vio tan oscuro y lóbrego recinto

en las extensas paternales salas,

que se volvió a meter dentro del pecho

y por temor o acaso por instinto,

nunca volvió a salir de aquel estrecho

encierro voluntario,

donde pasó la pobre su calvario:

así cuantos hablaban de María,

como cosa sabida por pasada,

contaban que la chica era algo fría,

en lunas y por épocas, tocada,

diciéndose, cual muestra, que dormía

más de una vez al año sin almohada;

y alguno que otro amigo repetía

que la madre, era madre desgraciada,

pues que la niña caprichosa y fiera

con las galas y adornos que tenía,

en más de una ocasión, formando un lío,

salió de casa y paf… lo tiró al río.

Una corte de primos y parientes,

y otra corte de amigos,

de esos que tienen dientes,

y en comer, y en morder los utilizan,

eran el complemento

de la noble familia de Linaje,

familia toda que, en aquel momento

en que la boda y la misa concluía,

en torno de los novios se agrupaba.

Era el novio… capítulo forzoso.

¡Cómo se ha de pintar en cuatro líneas,

lo que es un hombre cuando se hace esposo!

## *EL NOVIO*

Alto, algo rubio, de nariz doblada

en la forma del pico del milano,

de blanca y suave mano

con minucioso afán tal vez cuidada,

con grandes ojos de mirar incierto,

no inmóviles y fijos, recelosos,

como dicen que son los de los osos;

guapo a primera vista, pero luego

falto de luz, de vida y de colores

como esos cuadros en donde hay un fuego

pintado con opacos resplandores;

de voz sonora y recia, pero fija

en una sola gutural cadencia,

música desprovista de armonía

que jamás conmovió la inteligencia,

don Fernando de Castro, que tenía

un rico patrimonio allá en Valencia,

vio a María, la amó, pidió su mano

y aun antes de pasar un mes cumplido,

el galán valenciano

se halló con el diploma de marido.

«¡Feliz pareja!», murmuraban todos,

mientras él al descuido

buscaba en la cadena de brillantes

el recio medallón, que algo indiscreto,

o tal vez de su brillo avergonzado,

o por guardar mejor algún secreto,

volviéndose de un lado y otro lado

en su sitio jamás se estaba quieto.

Novios y convidados

a la casa se fueron del padrino,

donde el festín nupcial les aguardaba

en tanto que llegaba

el tiempo de salir por el camino

de la vecina Francia,

costumbre, o si se quiere extravagancia,

con que terminan hoy las ricas bodas,

que en ellas, como siempre ha sucedido,

tienen poder omnímodo las modas.

## *EN EL TREN*


- «¡Dónde estás, ilusión del alma mía

¡Ídolo de mi dicha y mis amores,

por quien cogí las inmarchitas flores

del pensamiento mío!

¡Tuyo es mi corazón, tuya es mi vida,

ya que este cuerpo inerte

al fin tendrá que ser para la muerte!»

Así, con llanto, la infeliz María

a las fijas estrellas les decía

en ese idioma del dolor del alma,

que se expresa sin formas ni sonidos,

unas veces en calma

y otras en melancólicos quejidos.

Nadie la oyó; la máquina forzada

por su titán de fuego,

dejó escapar frenéticos silbidos,

y anchos festones de humo resbalaron

del largo tren sobre la negra espalda,

mientras algunas brasas se escaparon

del terraplén por la pendiente falda.

Hijo del siglo el tren, veloz corría

a Francia conduciendo la pareja

de los recién casados;

¿qué le importaba la terrible queja

que la infeliz María

con incansable afán se repetía?

Sola parece estar: medio dormido

sobre el ancho diván de la berlina,

estaba desde tiempo su marido,

tal vez en dulce sueño recordando

su ventura, o tal vez ¡quién lo adivina!,

viendo el perfil gracioso y conocido

de alguna desenvuelta bailarina.

Sola parece estar, mas no está sola:

sobre el ancho horizonte de Castilla

que, por la blanca luna iluminado,

en rededor del tren inmenso brilla,

álzase en dulce resplandor bañado

el fantasma de un hombre, que atrevido

en su carrera al tren desafiando,

a la par de él camina,

fija siempre la luz de su mirada

sobre el ancho cristal de la berlina:

así por largas horas

tren y fantasma van, que al tiempo dando

espacio, se ha de ver cómo el delirio

por el amor de la mujer formado,

suele andar más de prisa

que el mejor tren por el vapor montado.

- « ¡Nadie te vio, fantástica quimera

de mi triste niñez! ¡Sombra hechicera

que en mis sueños de amores,

llenaste de colores

la soledad inmensa de mi vida!;

¡nunca serás del alma despedida!»

Así María a su fantasma hablaba.

«Ven y verás el dueño, ¡pobre dueño!,

que mi dolor sin nombre me ha ofrecido;

mi esposo se le nombra; desposada

contigo fui, que el alma, libre y pura,

en tanto se juntaban nuestras manos,

hizo en mi corazón su sepultura…

Allí está para ti; muriendo vivo

y nadie más que tú tendrá su llave;

como a un dueño te adora y te recibe;

¡solo de ti será! Si negros lutos

se viste para el mundo, su belleza

es tuya nada más» -«¡Quince minutos;

fonda y cambio de tren!»- Con ronco acento

un mozo de estación pasó cantando;

oyose un grito, fue que el pensamiento

con brusco despertar salió chillando

de la imaginación, donde dormía

sin ver el mundo real en que vivía.

Antes del año

En tapizada alcoba,

por lámpara bruñida iluminada,

sobre un lecho de encajes y de rasos,

cuya doble cortina levantada

dejaba ver el matizado techo

donde un ave, pintada,

alisaba las plumas de su pecho,

sobre tan rico y espacioso lecho

una mujer, de juvenil belleza,

dormía o meditaba

con la mano teniendo su cabeza:

es María; su aliento apresurado,

y el círculo morado

que rodea los huecos de sus ojos,

le dan a su hermosura

un tinte más de singular tristeza.

Enferma está, y de muerte: con premura

mandó el doctor que se llamase al cura,

encargando, además, que si durmiera,

aunque tuviese el sueño acongojado,

la dejasen dormir, puesto que hay males

que el sueño nada más los ha curado.

Otro encargo también a la par hizo:

que algún doctor de fama se buscase

y con él consultase,

después de visitar a la paciente,

pues que, como es sabido,

la ciencia alguna vez se engaña o miente,

y el buen doctor del caso no quería

que a él tan solo la culpa se le echase,

si acaso sucedía

lo que su ciencia médica veía.

Ello es que así pasó, y a poco rato

de dar las siete en el reloj vecino,

se levantó, con minucioso tino,

el cortinón de terciopelo y oro

de aquella estancia regia, en la que la muerte

se llevaba tal vez la mejor suerte.

Entró el nuevo doctor con paso quedo,

y en pos de él una linda camarera.

- «¿Doy aviso al señor?» -«No, no es preciso»,

dijo con voz dulcísima el extraño.

«¡Quién lo dijera, quién, si aun no hace el año!»

murmuró para sí. «Dejad la vela»,

dijo a la camarera. -«Y retiraos»

No bien cesó de hablar, cuando un suspiro

salió volando de su nido estrecho,

yendo a perderse con revuelto giro

en las pintadas aves de aquel techo,

como en tiempos pasados se perdía,

sobre la faz de un Cristo contrahecho,

otro suspiro largo y prolongado

por el mismo dolor tal vez lanado.

«¡Qué hermosa es! ¡Por qué la vez primera

que de niña la vi, no sentí el alma

gozosa y conmovida

como hoy que acaso contemplarla puedo

por la vez postrimera de mi vida!»

Aquesto aquel doctor, con faz doliente,

observando a la joven meditaba.

¿Quién era aquel que ante el dolor ajeno

en sus propios dolores se abismaba

y a la muerte con ánimo sereno,

por un lejano ayer le preguntaba?

## *EL DOCTOR*

Era el doctor pariente de María;

hombre de gran fortuna y pocos años,

de quien el vulgo con afán decía

que si tuvo, o no tuvo, desengaños;

pero también es cierto que a porfía,

lo mismo que los propios los extraños,

le llamaban un noble caballero,

valiente y generoso,

en alguna ocasión poco sincero,

pero a cambio leal, rico y hermoso;

y era verdad, que el sol de Andalucía

le dio a sus ojos los mejores rayos,

y cuando vino a iluminar el día,

con asombro profundo,

halló dos soles más sobre este mundo:

negro cabello de azulados tonos

le prestaba vigor a sus mejillas

tostadas por los vivos resplandores

del cielo de las palmas y las flores;

con la poblada barba en dos mitades

y su boca de púrpura teñida,

era el doctor, de ciencia nada escaso,

la más hermosa imagen de la vida

en varoniles formas encerrada,

pues su frente, su labio y su mirada,

y hasta su firme y arrogante paso,

tales encantos dan a su persona

que una vez, nada más, que se le vea

basta para quererle, pues abona

en favor suyo tanto la figura,

que el alma que no quiere cosa fea,

se fija con amor en su hermosura,

y con afán inmenso la desea.

«¡Y tú me amaste!, ¡pobre y desgraciada

mujer, a quien la suerte

sarcástica y terrible,

te va a hacer por mi amor ambicionada

cuando el frío marmóreo de la muerte

a tu cuerpo transforme en insensible

y ni puedas mirarme ni yo verte!...

¡Tormento sin igual, tormento horrible!»

Así dijo el doctor, y entre su mano

inclinó lentamente la cabeza

a la cual el dolor fiero y tirano

prestaba un nuevo tinte de belleza;

rindió el tributo, como todo humano,

a las leyes de la naturaleza,

y una lagrima ardiente, gruesa y clara,

rodó abrasando su morena cara.

-«¡No me persigas, no!, ¡Soy de la muerte,

fantasma  de Castilla!»

Dijo con tardo acento,

y luchando con triste pesadilla

que turbaba su enfermo pensamiento,

la pobre joven que, al dolor nacida,

iba pronto a cambiar por su tormento

la paz eterna de la eterna vida.

-«Siempre, siempre te amé; ¡callada muero

llevándote  conmigo, amor primero!»

- «¡María, flor tronchada

del hermoso vergel de los amores!,

yo soy, di, ¿no me ves?», esto decía

el buen doctor, que en el soberbio lecho

y sobre el almohadón medio inclinado

a María estrechada contra el pecho.

Abrió los ojos y, asombrada y fría,

tal vez sin convencerse que era cierto

lo que otras veces al soñar veía

así, con respirar ahogado y yerto,

le contestó María:

- «¿Eres sombra o verdad? Si lo primero,

déjame que en la sombra me confunda

y tú serás mi eterno compañero;

si eres verdad, si tus brillantes ojos,

a quien tanto miré sin verlos nunca

fijos en mí, son esos que me miran

y a través de su llanto y sus enojos,

besos me dan que en el amor se inspiran,

sálvame de la muerte que me sigue

y a quien amé mientras te vi lejano,

sálvame de esa muerte, que me espanta

hoy que tu mano está sobre mi mano.

¡Callas, porque eres sombra!» - «¡No, María,

por ti, mi corazón rompió su hielo,

y hoy por ti el universo cambiaría,

que es para mí tu amor, mejor que un cielo!

Me amaste siempre, y yo, que no sabía

lo que el amor de la mujer encierra

cuando nace espontáneo y generoso,

a tu lado pasé sobre la tierra

para buscar, en fáciles amores,

dichas livianas al placer vendidas,

¡ay de mí! ¡Cuántas flores

holló mi planta de tu amor nacidas!»

No terminó el doctor; de mármol frío

dos labios, a sus labios se juntaron,

y un suspiro y un grito en el vacío

confundidos los dos, se disiparon;

el beso de una muerta se llevaron,

y acaso el alma fuese en aquel beso,

mientras el cuerpo rígido e inerte,

de la materia cárcel y embeleso,

más liviano que el alma, y menos fuerte,

se entregaba a los besos de la muerte.

y acaso el alma fuese en aquel beso,

«A tiempo se murió la pobre chica»,

en un lujoso entierro se escuchaba.

«¿Cómo es eso? ¿Pues dicen que era rica?»,

un convidado dijo.

«Ya se ve que era rica, pero el hombre,

de quien llevaba el nombre,

parece que era un pobre mentecato

el cual jamás le dio ningún buen rato»

«¡Hombre, no exagerar!, dijo un amigo,

es cierto que Fernando

no fue un Rolando,

pero a vuelta de algunos amoríos

y algún que otro desliz, no era un mal hombre.

La chica siempre fue mal humorada;

se dice que si estuvo o no, tocada.»

«No, pues el buen doctor que la ha matado,

a poco más del susto se nos muere.»

«¡Dicen que el pobre estaba atortolado!»

«El caso que pasó no es para menos,

quiso darle no sé qué medicina…

la alzó en sus brazos  y quedose yerta:

esto dicen aquellos que los vieron

cuando abrieron la puerta.»

«¡Vaya, vaya, parece brujería!,

no me gustó jamás la alopatía,

siempre tan misteriosa y reservada.

Y, decidnos, ¿la muerta,

qué tal fue de casada?»

«Una mujer muy buena, recogida

y amando a su marido;

lo poco que vivió, guardó una vida

muy ejemplar» -«Es justo, que elegido

fue por ella Fernando.»

A este punto la plática llegaba

cuando el cortejo fúnebre, pasando

por el ancho portón del cementerio

dejó, por terminado, su camino,

que todos se terminan en el mundo

cumpliendo los mandatos del destino.

Sobre un altar modesto se veía

un Cristo de madera;

cosa extraña, aquel Cristo, que tenía

en contorsión ridícula sus huesos,

era el mismo que antaño presidía

el desposorio en que se unió María

con el buen don Fernando;

allí estaba también, casi desnudo,

en violenta posición y mudo,

la triste ceremonia presenciando.

Cayó la tierra al fin sobre la caja,

se mancharon de barro sus borlones,

que a ellos también les visten la mortaja

los húmedos terrones,

y se allanó la estrecha sepultura

que a la muerte le dio tanta hermosura.

Una bruñida piedra,

de mármol de Carrara,

cual blanco manto cobijando el lecho

de aquella tumba fría,

solo aguardaba el nombre de María.

«¿Qué inscripción se pondrá?», dijo al que estaba

del entierro encargado

el que labró la funeraria piedra.

«Su nombre y apellido»,

habló el interpelado.

«¿Y nada más?» -«También el del marido;

la muerta cuando viva fue casada»

- «¿Con quién?» En esto el Cristo retorcido

con estrépito tal se vino al suelo,

que se rompió en pedazos la cabeza,

y al rodar la corona de sus sienes

fuese a parar, con sin igual rareza,

sobre la misma tumba de María.

¡Quién sabe si al llegar hasta el sudario

tan seco golpe, el cuerpo estremecido

creyó empezar de nuevo su calvario

en el mundo del llanto y del olvido!

¡Acaso el corazón, yerto o dormido,

sintió en su lecho la fatal caída

y trémulo de horror, buscó en el cielo

el perdón de la culpa cometida,

ofreciendo cual prenda de su duelo

la corona del Cristo desprendida!